故宮御貓夜遊記 ⑭

名字不一樣的朝天吼

常怡 / 著　　小天下 南畔文化 / 繪

中華教育

責任編輯：謝燿壕
裝幀設計：鄧佩儀
排　版：鄧佩儀
印　務：劉漢舉

故宮御貓夜遊記 14

名字不一樣的朝天吼

常怡 / 著　　小天下 南畔文化 / 繪

出版 | 中華教育

香港北角英皇道 499 號北角工業大廈 1 樓 B 室
電話：(852) 2137 2338　傳真：(852) 2713 8202
電子郵件：info@chunghwabook.com.hk
網址：http://www.chunghwabook.com.hk

發行 | 香港聯合書刊物流有限公司

香港新界荃灣德士古道 220-248 號 荃灣工業中心 16 樓
電話：（852）2150 2100　傳真：（852）2407 3062
電子郵件：info@suplogistics.com.hk

印刷 | 高科技印刷集團有限公司

香港葵涌和宜合道 109 號長榮工業大廈 6 樓

版次 | 2022 年 5 月第 1 版第 1 次印刷

©2022 中華教育

規格 | 16 開（185mm x 230mm）

ISBN | 978-988-8807-05-5

大家好！我是御貓胖桔子，故宮的主人。

在人類的眼中，只要毛色差不多的貓，就會被認為長得一模一樣。哪怕我們的耳朵豎起來的樣子不同，鬍子的數量不同，他們也分辨不出來。

我們貓可沒那麼笨，都不用看，只要聽聲音，就可以認出那個人是誰。哪怕是雙胞胎，我們也不會認錯，厲害吧？

但是，擁有如此出色本領的我們，居然也會有被難住的時候，真是沒想到⋯⋯

我早就知道，我們貓族能聽到很多人類聽不到的聲音。比如，御花園泥土下鼴鼠的叫聲。每當我用爪子撓地，和鼴鼠打招呼時，那些路過的人還以為我是在埋屎呢。

我可以從很遠處的地方，根據腳步聲來分辨一個人：是我不認識的遊客，還是來餵我貓糧的人。

所以，每次我都能很準時地蹲在飯盆前，看着香噴噴的貓糧和罐頭把我的飯盆裝得滿滿的。

我的耳朵可以轉向所有方向，不會錯過任何一塊雞骨頭掉在地上的聲音。

當遇到一個人或者一隻動物的時候，
我根本用不着眼睛，光憑聲音，就知道他
是誰。除非是遊客特別多、特別吵的時候，我
才會睜大高貴的眼睛，去看看眼前的人或動物是
誰，有沒有給我帶好吃的東西。

認錯人，在我們貓族看來，那是非常、非常丟人的事情。一般只有剛出生的小奶貓，才會犯這樣的錯誤。

直到在故宮裏遇到了望君出和望君歸，我們才發現，世界上最難分的居然是朝天吼！

朝天吼，怪獸和神仙們都更
喜歡叫他犼。一提起這種怪獸，
我就會起一身雞皮疙瘩。傳說，他
是非常、非常兇猛的怪獸。有多兇猛呢？
故宮裏最老的御貓花婆婆說，人類的書裏
曾經記載，有人親眼看到過一隻犼和三條
蛟、兩條龍在天空中打架，那隻犼殺
死了一條龍和兩條蛟，自己才負傷
墜落到山谷裏。

死後，犰的鱗片燃起了大火，把周圍的山林都點燃了。花婆婆說，那是因為朝天吼是很驕傲的怪獸，他絕不會讓人看到自己死後的樣子。

能殺死龍的怪獸，那得有多厲害啊！御貓們聽了這個故事後，見到朝天吼都變得更加老實了，連喘氣聲都不敢太大。

朝天吼長得很特別，你一眼就能認出他。他頭上長鹿角，腦袋像駱駝，嘴巴像驢嘴，耳朵卻和我們御貓長得很像。他頭上披着獅子般的毛髮，身上披着鯉魚般的鱗片。

最奇怪的是他的爪子，前爪和後爪居然長得不一樣！他的前爪尖尖的，像鷹爪；後爪卻肉乎乎的，像老虎的爪子。

認出朝天吼，對我們御貓來說毫無難度。哪怕一羣怪獸朝着我們走過來，我們也能一下就分辨出朝天吼的腳步聲。

可是，故宮裏偏偏有兩隻一模一樣的朝天吼。他們長得一樣，耳朵豎起來的樣子一樣，眼睛顏色一樣，走路姿勢一樣，說話聲音一樣，連腳步聲都完全一樣！不一樣的，只有他們的名字。他們一隻叫望君出，一隻叫望君歸。

據說，名字不一樣是因為他們的職責不同。朝天吼和其他怪獸不同，他們是被請到皇宮裏管皇帝的。如果皇帝天天待在皇宮裏享受榮華富貴，不關心外面的世界，望君出就會出現，催促皇帝出宮，去看看宮外的百姓們過的是甚麼樣的日子，是不是需要皇帝的幫助。

而如果皇帝出宮後，
貪戀外面的世界，不願意
回到皇宮時，望君歸就會
出現，呼喚皇帝回宮來管
理國家大事。

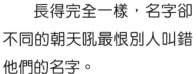

長得完全一樣，名字卻
不同的朝天吼最恨別人叫錯
他們的名字。

　　所以，幾乎所有的動物
見到朝天吼，都會以最快的
速度逃跑，那樣子就和逃命
一樣，就怕朝天吼和自己打
招呼。

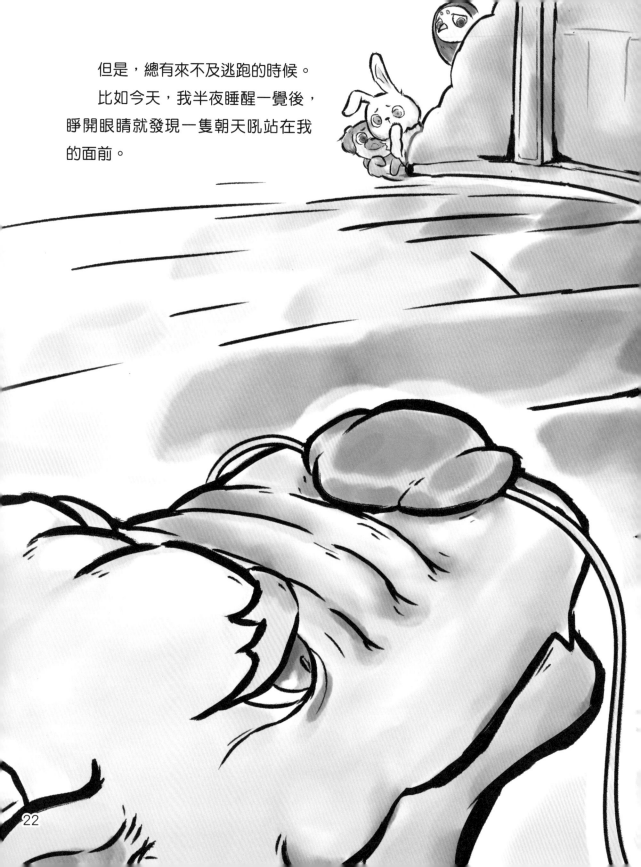

但是，總有來不及逃跑的時候。
比如今天，我半夜睡醒一覺後，睜開眼睛就發現一隻朝天吼站在我的面前。

「你好，胖桔子，今晚的月亮真不錯。」朝天吼看起來心情很好。

朝天吼居然記得我的名字，這讓我有些得意。

「您……您好。喵。」

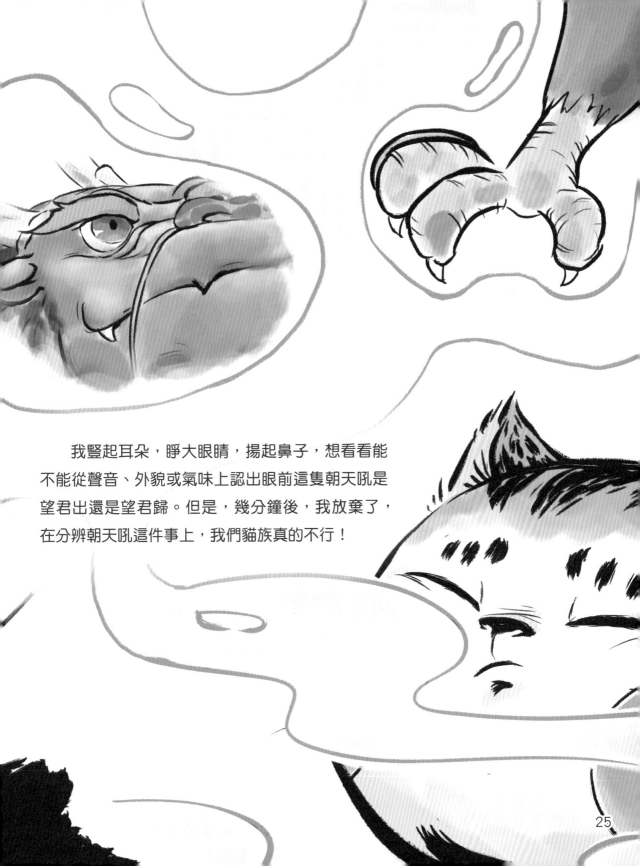

我豎起耳朵，睜大眼睛，揚起鼻子，想看看能不能從聲音、外貌或氣味上認出眼前這隻朝天吼是望君出還是望君歸。但是，幾分鐘後，我放棄了，在分辨朝天吼這件事上，我們貓族真的不行！

我一下子站了起來，逃跑？肯定是來不及了。
倒下裝睡？看樣子也不成。

既然說不出名字，我只能把話題引到月亮
上：「啊，別說，好久沒看到這麼美的月亮了，
就像個……像個大燈泡！喵。」

「真是又亮又圓。」朝天吼點點頭說，「秋天
是個好季節呀！」

「可不是，麥子都熟了。這
個時候，麥田裏金燦燦的一片，
別提多好看了。喵。」

「胖桔子見過麥田？」他問。

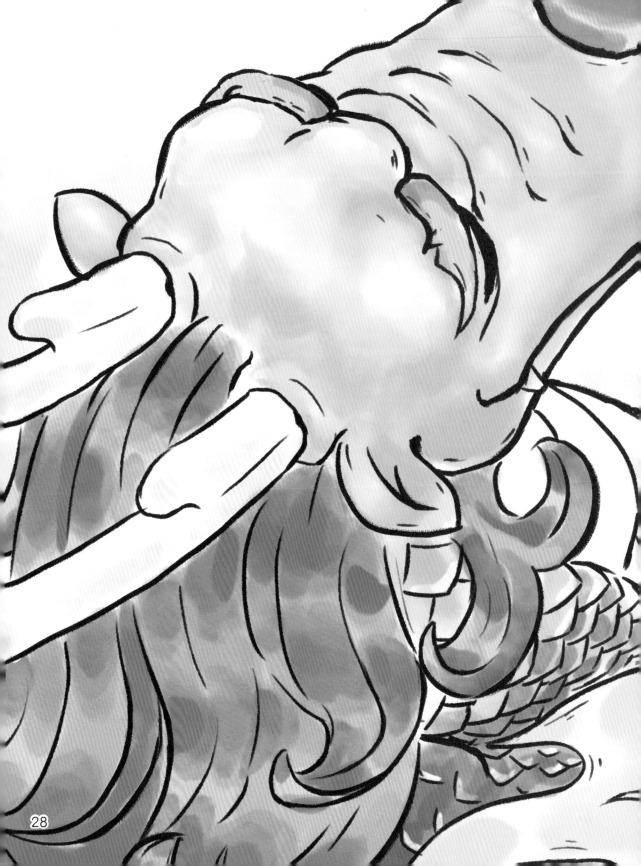

　　「沒有，沒有。」我趕緊搖頭，「我長這麼大還沒出過故宮呢，是慈寧宮的烏鴉告訴我的。他飛來飛去的，甚麼都見過。」

　　「原來是這樣啊。」朝天吼說，「烏鴉說得沒錯，這時麥田好看極了，尤其是風吹過的時候，一層層的麥浪，像金色的海洋一樣。」

　　「您見過？喵。」我的耳朵一下子豎了起來。

　　「見過呀。」他回答，「那年康熙皇帝南巡，很長時間沒有回來。我去喚他回來，路上看到了連成一片的麥田，把大地都染成了金黃色。」

　　我高興得差點兒蹦起來──我終於知道他是誰了！

「喵，我真羨慕您哪，望君歸。」

朝天吼目不轉睛地盯着我，然後靜靜地說：「很少有動物能說出我的名字，你不是一隻普通的貓啊，胖桔子。」

「您過獎了，喵。」我笑着說，「我就是一隻普通的御貓，只不過喜歡動腦筋而已。」

皇帝最怕的神獸

朝天吼

我們是朝天吼，也有人叫「犼」，是勇猛厲害的神獸！《治世餘聞》記載，威武的獅子遇到我們，嚇得動也不敢動！因為聲音大，如果大臣的說話皇帝聽不進去，我們會大吼一聲提醒皇帝！我們趴在天安門南北兩側的漢白玉華表頂端，在承露盤上方監督皇帝一舉一動！

住南側的叫望君出，意思是希望皇帝多出去了解老百姓！

住北側的叫望君歸，意思是希望出宮的皇帝不要只顧玩樂，要早日歸來！

現在，你猜我是望君出還是望君歸？

東海有獸名犰，能食龍腦，騰空上下，
鷙猛異常。每與龍鬥，口中噴火數丈，龍輒
不勝。

——《說鈴·述異記·卷二》

 語 譯

　　東海有怪獸名為犰，可以吃龍腦，飛在半空上升下降，勇猛得
非比尋常。每次和龍戰鬥，在嘴巴裏噴射的火焰有幾丈之長，龍總是
不能獲勝。

頂天立地過百年

在大型宮殿最外側，一根根頂天立地的巨大紅柱稱為立柱。立柱並非直插地底，而是放在柱頂石上。

明朝修建紫禁城時，永樂皇帝派遣工人到四川、廣州、雲南及貴州等地採伐楠杉大木搭建。經過二百多年不斷取用，這些地方的大木已砍伐殆盡。

（見第1頁）

華 表 皇帝的警鐘

相傳，堯帝曾在庭中放置「諫鼓」，讓百姓擊鼓進諫；舜帝在道路上設立供人寫諫言的「謗木」，鼓勵百姓給君主提意見，這些便是華表的雛型。

在今天，天安門南北兩側，各設了漢白玉華表。華表柱身雕巨龍，上方鑲嵌雲板，寓意高與雲齊。華表最上方，朝天吼威武地趴在那邊。

（見第6頁）

39

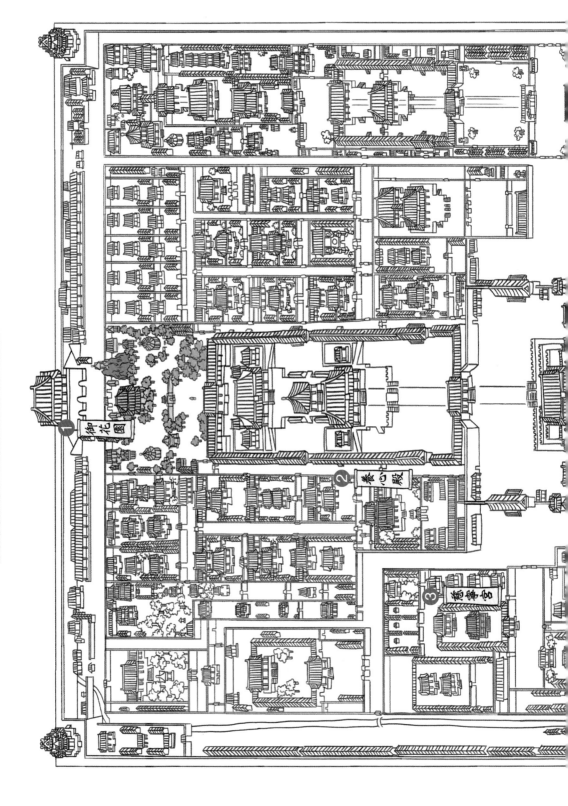

明成祖朱棣所建故宮等（電地圖）

御花園

養心殿

咸福宮

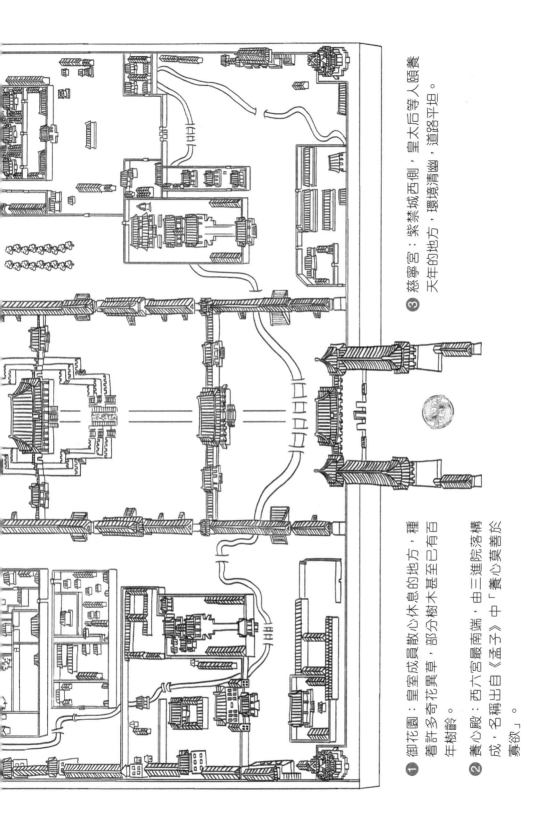

❶ 御花園：皇室成員散心休息的地方，種著許多奇花異草，部分樹木甚至已有百年樹齡。

❷ 養心殿：西六宮最南端，由三進院落構成，名稱出自《孟子》中「養心莫善於寡欲」。

❸ 慈寧宮：紫禁城西側，皇太后等人頤養天年的地方，環境清幽，道路平坦。

常　怡

　　天安門前後各有一對白色的華表，上面趴着一對怪獸，一般人經常把這種怪獸當成龍。但牠不是龍，而是朝天吼，也叫望天吼。

　　朝天吼長得和龍不一樣。牠的角像鹿，頭像駱駝，耳朵像貓，嘴巴像驢，毛髮像獅子，脖子像蛇，披着鯉魚般的鱗片，前爪像鷹爪，後爪則像老虎。

　　犼曾經是超級兇猛的怪獸。有一本古人專門記錄詭異現象的書叫《述異記》，裏面記載了犼殺死龍的故事。但是後來，犼被佛祖收服，成了守護神獸，就再也沒有這麼血腥的故事流傳了。

　　華表上的犼，之所以被稱為朝天吼，是因為牠們的職責是規勸皇帝。傳說，一旦皇帝不聽話，牠們就會抬頭朝天大吼，把皇帝不乖的事情告訴佛祖，佛祖就會讓皇帝倒楣。所以連皇帝都怕朝天吼。

北京小天下時代文化有限責任公司

這是一篇關於雙胞胎和動腦筋的故事，把這兩個元素裏的任何一個單獨拿出來，都是相當有趣的內容，現在將它們糅合在一起後，那就更精彩了。創作形象的時候，我們首先要求嘲天吼的形象一定要讓人在視覺上無法分辨出望君出和望君歸。在達到這個基本要求後，再讓牠們的形象嚴肅起來，到最後，再賦予牠們一絲長輩般的溫柔。

我聽說每一個人身邊都有一個威嚴的長輩，而每一個威嚴的長輩也都有溫柔的一面。多和這樣的長輩接觸，你都有可能會感覺自己長大了不少喲。

小朋友，你在生活中遇見過雙胞胎嗎？他們有哪些不同？你又是怎麼區分他們的呢？好好想一想，總結一下，給他們也編個故事吧！